즐거운 거짓말

임창아 시집

문학세계사

내 첫울음의 입김과
당신 마지막 눈빛의 흐느낌은
언젠가
한 봉분 위
아지랑이로 만날 것이다 다만
즐거운 거짓말로 쓴 나의 시들이
부디
명랑한 죽음에 가닿을 수 있기를,

2017년 2월

임 창 아

2 나를 함부로 탐독하지 마라

3 혼자, 라고 말하면

4 당신이 좋다면 그것으로 됐어요

□ 해설 ┃ 장석주(시인 · 문학평론가)

1

밀가루는 밀가루를 털어내기 바빴고

어떤 일의 순서

남해에서 여고 다닐 때
우리 집 수소 교미 한 번 붙인 돈은
자취하던 내 한 달 생활비였다
덤으로 나는
남녀관계와 성교육에 대해서도
어느 정도 눈 뜨게 되었는데
당시만 하더라도 귀하신 수컷은 제법
비싸게 놀 줄 알았다
암컷이 적극적으로 들이대면
공연히 꼬리 흔들어 쇠파리를 쫓거나
엉덩이 슬슬 피해 가며
음부 더부룩한 암컷 몸 달군다
그러다 어지간하다 싶을 때 한순간
사정없이 올라타는 수컷
9회 말 끝내기 안타처럼
한 방에 해결하는 그 저력
놀란 암컷은 후들거리는 다리 사이로
염치없이 질금질금 물똥 싸제끼지만

절정은 언제나 너무 짧다
그처럼 어떤 일에도 순서는 있는 법
사정 끝내고 암컷 골고루 핥아 주는
수컷의 신사적 마무리까지
저 말없음의 예의에 경의를 표하지 않을 수 없다

자라나는 용서

없던 일로 하자
한 번만 봐 달라, 이제 와서

없던 일이 될 수 없고
한 번만 봐 줄 수 없는 일은, 대체
어떻게 자라 어디로 갈까?

오래 달려 온 말에는 오해가 들어 있다
발길 끊어진 밭에 제멋대로 자라나는 잡풀처럼,

　주인 발소리 오래 듣지 못한 풀은 날마다 발뒤꿈치를
든다
　자신이 풀이란 걸 잊은 채,

　풀의 말은 풀만 알아듣고
　손가락만 한 풀잎들은 손가락만 한 하늘을 가리고

　오래 만난 사람을 어쩐지 오늘은 만나고 싶지 않은 날

있던 일이 없던 일이 되려면
얼마나 오래 달려야 할까?

아무 생각 없을 때까지 오래
오래 달렸다 오해가 따라오지 못하도록

밀가루는 밀가루를 털어내기 바빴고

1
끈다고 끄는데 대책 없이 번지는 불이나
턴다고 터는데 먼지처럼 더 달라붙는 게 있어요
너무 착한 옛 애인도 그랬고 독한 엄마의 성질도 그랬죠
물속에 번진 희디흰 풀뿌리는 엉겨 붙어 이러지도 저
러지도 못하고,

2
침례병원 장례식장 앞, 갑자기 밀가루가 터졌어요
하얀 세례를 받은 한 남자 드디어 순결해졌지요
검정보다 피하기 어려운 건 흰색
속눈썹이 하얗게 휘날렸어요 콧구멍으로 하얀 바람이
몰아쳤어요 눈꺼풀이 아이스크림처럼 녹아내렸어요
햇빛이 더 환했어요 눈 뜨지 못해 보이는 게 없었죠
밀가루는 밀가루를 털어내기 바빴고
낭자한 흰 발자국 위로 국화꽃이 깃털처럼 내려앉고
있었어요

3

우리는 조금씩 검정을 지나 흰색으로 가고 있어요

달라붙거나 번지던 것들이 제풀에 지쳐 물러날 때까지

그녀의 웃음

더 이상 상할 속도 없을 때는 온몸으로 웃어라
웃음으로 울음을 견디는 나이가 되면 보이는 게 없어지니까,

그녀는 콧구멍이 다 보이게
뒤로 나자빠지며 웃는다
혼자가 아니라 옆에 있는
나까지 쥐어뜯고 때리며 웃는다
때리는 수준을 넘어 숫제 두들겨 팬다
어지간히 장단도 맞아
나는 맞으면서도 즐겁다
좀 때리지 말고 말해, 하면 더 깔깔거리며
추임새로 박수까지 치는 그녀
이쯤 되면
우리는 왜 웃는지 모르고 깔깔대다가
숨 넘어 가기도 한다 이렇게
사소함을 목숨 걸고 견딘다
웃다가 살짝 오줌을 지리기도 하고
눈물 찔끔거리다가
진짜 울음으로 이어질 때도 있다
웃음소리 비틀면
흘러나오는 것이 울음 아닐까

이 핑계 없는 울음 위해
어제도 오늘도
그녀는 웃는지 모른다

스물

사과를 깎는데
껍질은 갑자기 너에게로 가는 길이 되었어
너에게 쓰는 편지가
어느 순간 나에게 오고 있었어
맨발을 내려다보는데 내 발목에 네 발이 달려 있었어

벗어 놓은 고무신은 화분이 되고 있었어
발을 품었을 때보다
흙을 품었을 때 더 오래
더 멀리 갈 것만 같았어
신발 속에 앉아 생을 망칠 궁리만 하던 스물

발끝에서 뒤꿈치로
개미가 물어 나르는 내용은 뭔지 모르겠어
신발 밖의 세상이 늘 궁금했어

내가 누구인지 모를 때
너를 나라고 생각한 적 있었어

사과의 길은

머리부터 발끝까지 너에게로 이어져 있었어

툭,

뛰어내려 잠을 열면

사과는 흑백

검은 대문 앞에서 서성거리던 스물

떨림의 뒤편

떫감 베어 무는 순간
그 떫은맛, 전염병처럼 입안을 장악했지
붕어빵 앙꼬에 입천장 데인 것처럼 나를 당황하게 했지
어떤 맛과도 타협하지 않고
어떤 맛에도 순종하지 않는

떨떠름하다는 말은 떨림의 뒤편,
그래서 어쩌라고, 좋은 것도 싫은 것도 아닌
미지근한 말, 끝나가는 사랑처럼
다가서지도 물러나지도 않지

열두 번 망설임 끝에 겨우 전화했더니
어쩐 일? 이라니,
이 떨떠름한 맛
어처구니없이 번져 오는 맛이라니

뱉어도, 뱉어 내어도
사라지지 않은, 시작도 없이 끝나 버린 사랑처럼

내 입안 정복했지

떫은맛은
끝나 버린 사랑에 왼쪽 다리 올리고 잠드는 것 같았지

살아 있는 공

셔틀콕은 위에서 노는 버릇이 있다 자고로
위에서만 노는 것들은 꼭
바닥으로 떨어지고 나서야 자신의 패배를 인정한다
실은 그게 아니라
셔틀콕은 그저 선 하나 긋기 위해 분주했을 뿐, 본래
하나였던 이쪽저쪽 네트가 갈라놓았기 때문이다 나는
그 선 하나 위해 팔매질 수십 번 했고
공 앞에 수없이 무릎을 꿇었다 또
허공은 얼마나 아팠겠으며
바닥 치는 공은 얼마나 민망했겠는가
죽어 가는 공으로 곡선은 그을 수 있지만
게임에서 이기려면 곡선으로는 약하다
독 오른 꽃뱀처럼 아가리 벌려 날아오는 공
살아 있는 상태로 때려잡으려면
바닥을 차고 올라 예각으로 내리쳐야 한다 하지만
승리하는 것이 전부는 아니다
이쪽과 저쪽 이은 공이 선을 이루고
그 선이 나와 만나 면을 이룰 때
비로소 땀도 맘 놓고 흐른다

알 수 없는 기분

옆에 대해 말하려고 하는데 옆이 자꾸 앞을 막아요 앞
으로 간다고 가는데 옆으로 가는 게처럼 옆은 한 번도
옆을 벗어난 적 없었으므로 옆을 포기 못하죠 *하루 옆에
사후*, 삼촌은 오십년 전 맞은 칼자국이 지금도 아프다
고, 옆을 가로막은 자국 때문에 평생 술병을 옆구리에
끼고 살았죠 *금줄 옆에 목줄*, 그럴수록 옆은 더 허전해
여자도 서넛 두었지만 그렇다고 채워질 옆구리가 아니
죠 옆도 옆을 벗어나고 싶을 때가 한두 번은 아니었을
터, 옆구리를 달아났던 옆구리들, 그러나 다시 돌아올
수 있는 옆구리가 있어 얼마나 다행한 일인지, *자살 옆
에 살자* 삼촌의 옆엣것들이 옆을 더 만드는 동안 삼촌은
길고 긴 건기를 건너야만 했어요

남해

안개가 주인인 그곳에 갔습니다
발을 버리지 않고는 한 걸음도 다가가기 어려웠습니다

보리암도 부소암도 해수관음상도 안개에게 자리 내어
주고
공중으로 물러나 있었습니다
안개 기분 모르고는 함부로 발 디딜 수 없었으므로
금산의 입김 때문이라 짐작했습니다 오래 울어

검은 목젖 헹구던 까마귀 외마디 소리가 될 때,
축축한 함성으로 끓어오르는 안개는
보다 광대한 서사를 원했던 걸까요?

두 갈래 길에서 어느 한쪽으로도 움직여지지 않는
발 소란할 때
까마득한 공중에 이는 파문, 안개는
심장 깊은 골짜기에 제 유리한 알리바이를 새겼습니다

아무리 허리 굽혀도 형리암은 안개 늪 피하지 못했고
법당 기둥 하반신은 시멘트 살로 살아나고 있었습니다

저녁 예불 범종 소리에 눈 떴다가 다시 감는 공중은
얼마나 허약합니까
저 아랫마을 상주로 흘러내리는 안개 마음 또한 얼마
나 나약합니까

가는 향 피우는 사내의 굽은 등 쓰다듬으며
안개 속에서 끓어오르는 기도,
늑골에서 자라는 축축한 상처와
안개에 취한 어둠을 울컥울컥 토해 내고 있었습니다

가혹한 경전의 한 페이지처럼
도무지 가늠할 수 없는 자기 추궁의 서방정토
안개가 주인인 그곳에 갔습니다

딸꾹질을 하자

어떤 꽃이 목구멍에서 피어나고 있는 걸까
변변한 슬픔 없이 피어나도
딸꾹질을 하자
집 없는 벌레들이 밤새 귓속에서 울고
바람은 내 흉곽에서 죽어 갔다
한발 늦게 피는 꽃처럼
딸꾹질을 하자
어떤 꽃이 심지를 올리든
어떤 꽃이 사그라지든

당신 셔츠에 희고 긴 목을 심고
두 번 접은 소매 끝에 손목시계 채워
딸꾹질을 하자
당신의 자전거 뒷자리에 피어난 꽃은
시간을 몰라도 좋겠다
구름에 꼬리 밟혀 넘어지면 흰 피,
하얗게 피었다가 죽은 꽃을 자전거에 태워
딸꾹질을 하자

접질린 발목이 두 다리 묶어도 좋겠다
느닷없는 속력의 자전거가
컴컴한 활주로를 질주할 수 있도록,

어느새 내 목구멍은 당신과 통하는
혈관으로 이어져 있다 내가 누운 관 위로
피다 만 흰 꽃들 떨어지고

딸꾹질이
딸꾹질을 끌어 낼 때까지
모든 내장이 딸려 나올 때까지
온몸을 통째 들어 올려,

오후의 콜라보

　할머니가 강아지를 끌고 가다가, 세 걸음도 못 가서 강아지가 할머니를 끌고 가다가, 사이좋게 끌려 가다가, 스텝이 꼬일 때는 고물 유모차 명치에 붙이고 한숨 돌리다가, 귀 쫑긋 세우고 서로 마주 보다가, 가는 다리에 빳빳하게 힘주다가, 가만히 있는 강아지 목줄 괜히 잡아당기다가, 할 일 없이 뱅글뱅글 돌다가, 갈 길 멀다는 듯 가는 길 재촉하다가, 서로 발을 밟다가, 발 수습할 틈 없이 땅바닥에 질퍼덕 엉덩이 깔고 앉다가, 볼품없는 콧구멍으로 늙은 엉덩이 킁킁대다가, 공연히 한 대 얻어터지다가, 깨갱 아픈 시늉하다가, 멍한 눈으로 지나가는 연인 힐끔거리다가, 지나가는 차가 던진 담배꽁초 주워 빨다가, 나오지 않는 오줌 갈기다가, 뱉은 가래침 발로 뭉개다가, 오래 멍 때리다가, 할머니는 할머니어로 강아지는 강아지어로, 알아들을 수 없는 말로 대꾸하다가, 서로의 뒷모습 애처롭게 훔치다가

묵밥

사발만 한 혹을 단 노인, 묵밥 먹는다
목덜미 혹 커질수록 뒷모습 더욱 허전하고
묵사발 속으로 빠져들 듯
묵묵히 자시는 묵

물리지 않는 젖처럼 젖통이 큰 여자가 말아 준
묵 한 사발이면 세상 부러울 게 없는 눈치다
바닥 보일 때까지 들고 마시는 묵사발
저때라도 살짝 혹 한 번 내려주었으면,

사발만 해질 때까지 끝내 달고 다녔을 혹
저 속에도 따뜻한 피가 흐르니
노인이 못 다한 말
다 저 속에 들었는지도 모른다

새 털신 누가 사 줬냐는 주인 여자 질문에
그저 눈만 껌벅거릴 뿐
등 한 번 펴지 않는 노인, 도통 말 없는
저 생의 마지막까지 혹은 계속 자랄 것이다

주름잡던 시절

주름의 예리한 날에 한번 맛들이면
자주 구겨지는 자존심은 일찍 버려야 한다

갈래머리 여고 시절 주니어 잡지 표지 모델로
주름잡던 민정이도 있었지만
문학상 휩쓸던 미정이나
약국집 딸, 하얀 얼굴의 현자가 제일 부러웠다
이불 밑에 주름치마 깔고 자던 언니처럼
나는 기껏 교복 주름이나 잡겠다고
기도하는 심정으로
잠이라도 반듯하게 자야 했다

어차피 생은 똑바로 주름 잡기 위해
몸 전체 기울이는 것이지만
이중 주름처럼 난감할 때도 있다

서울로 상경한 민정인 스무 살에 애엄마가 되었고
화장 떡칠하고 다니는 현자는 가수 매니저다

그럴 리가 없는데 키 작은 미정이는
다섯 살 아들 하나 두고
저세상으로 갔다

오늘은 동갑내기 이종사촌 결혼식
고등학교 때 변변히 이름 한 번 못 불리던
그 녀석
고린내 나는 골방에만 처박혀 살더니
다 늦게 사법시험 붙어 장가가는 날,
활짝 핀 이마에 골 깊은 주름살
저 주름 잡기 위해 그는 또 얼마나
골머리를 썩혔을까
이젠 내 사촌도 느지막이
주름께나 잡고 살겠다

왕년의 힘

오늘날까지 매일매일 이어져 있다 왕년은
고무줄처럼 길게 늘어난다

독 없는 독방에 왕년을 가두고
빛나는 칼이 성호 긋는 밤,
죽은 용 섬기는 오빠들이
마지막으로 벗어야 하는 저 허물은 과연 하늘로 돌아
갈 수 있을까?

고통을 추억으로 바꾸는 왕년

빚쟁이들이 빚을 막고 줄 서도
나무젓가락 꺾어 쓰레기통으로 던지며
이래봬도 이대 나온 언니니까,
입가에 묻은 짬뽕 국물을 우아하게 닦는다
멸망한 나라의 여왕이라도 된다는 듯
왕년을 팔며 생을 이어간다

왕년을 앞세우면 누구나
수탉처럼 용맹하고 유치하고 무모하고……

왕년도 없는 나는
미안하게도 주름진 눈가, 주름진 이마, 주름진 목으로
생을 어떻게 이어가야 하나

편두통이 찾아왔다

골이 빠개질 것 같은 일요일
늙은 개가 내 발을 핥는다 내가 싫다는데도,
정말이지 이런 짝사랑은 사절이다
저리 꺼져, 다치고 싶지 않으면
이 정도 예의 베풀 때
알아서 물러서면 좋으련만
기어이 한 방 얻어맞고 정신을 차린다 때론
그냥 내버려 두는 것이 상책인데
더 잘한다는 게 민폐가 되기도 한다
눈치 없는 말년의 개도
이제 살 만큼 살았나 보다
어쩌자고 자꾸 내 다리 사이 얼쩡대는지
늙은 개야
몹시 차가운 내 흥분 눈치챘다면
제발 정신 차려라
맞아 죽는 고통이 뭔지
알고 싶지 않다면, 제발
나도 꼭 그만큼만 아프기로 하겠다

늙은 개의 사랑에도 불구하고
내 고통은 좀체 줄어들지 않는다

2

나를 함부로 탐독하지 마라

추상화에 대한 보고

──친애하는 베이컨에게

미소를 그리려다 실패했어요
벌린 입과 치아는 실망하겠지만
그냥 비명이라고 할래요

종종 혀 깨물면 아, 하고 터지는 비명을 혀라고 할래요
비명의 출구가 입이라면 입구는 어디에 있나요?
입구를 찾는 사이
방금 물을 마신 유리잔이 손을 놓쳤어요
깨진 유리잔은 전체가 비명의 출구였군요
깜짝 놀란 머리가 지르는 비명을 머리카락이라 한다면
엉덩이 비명을 의자라고 해도 될까요?
아, 오늘은 손가락 비명을 자르고
하늘색 매니큐어를 발랐어요
다섯 손가락이 비명 지르자 하늘색이 더 파래지네요

#
팡파르가 울려
하늘이 비명 지르자 구름이 몰려와요

봄의 비명이 남쪽 나라에서 울려 퍼질 때
꽃구경 차량들은 꼬리에 꼬리 물고요

꼬리에 매달려 내 비명과 엄마를 보러 가요
내가 세상에 나올 때, 어린 엄마는
또 얼마나 비명을 질렀을까?
하늘이 노랗게 되는 순간 탄생하는
세상 모든 비명이
한 폭의 추상화에 들었네요

토성

피붙이 없는 선천적 고아로
새롭고 싶어 늘 외롭고

내 배꼽에서 잠자던 기차가
한순간
이어폰 속 음악처럼 귓속으로 흘러오네

뜨거운 머리 지나
차가운 심장 지나
나를 관통하여 저세상으로 떠나가네

물고기에게 먹힌 요나가 다른 뱃속으로 들어갈 때
나는 없고 가시만 남은 채

제발 내 발만이라도 실어 주세요
거기가 어디든,

관심 밖에 있는 사람

길냥이는 내 방의 고요에 관심이 많고 내가 쓰는 시에 관심이 많지만 내가 좋아하는 남자에겐 관심이 없다 길냥이는 수컷일 가능성이 크다 나는 길냥이의 연애에 관심이 많고 길냥이의 언어에 관심이 많지만 길냥이의 도둑질에 대해선 모른 척한다 나는 생리 때마다 도벽증이 도진다

길냥이는 종일 주위를 떠돌며 내 방을 주시한다 처음 나타난 길냥이와 원수처럼 으르렁거리다가 죽일 것처럼 물어뜯는다 처음 나타난 길냥이도 수컷일 가능성이 크다 처음 나타난 길냥이도 길냥이와 같은 감정, 싸움을 구경하는 나도 길냥이와 같은 감정, 처음 보는 얼굴 앞에선 괜히 달뜬다

길냥이의 단순한 인생이 좋다 피칠 할 때까지 싸우다가도 금방 뒤엉켜 사랑을 나누는 뒤끝 없음이 좋다 뒤끝 없다고 말하는 사람치고 뒤끝 없는 사람 없다 뒤끝 없는 사람은 관심 밖이다 나는

벽

당신 품에 얼굴을 묻었는데 적막이 묻어 나왔다

내가 그 너머를 볼 수 있도록
거두어 주었으면,
부디

열두 번째 슬픔

머리도 꼬리도 없이
징그러운 몸통만 있는 이것을
나는 사랑한다

언제나 내게 충실했고 앞으로도
충실할 것을 믿기에,

어떤 명분 찾느라
바닥에 코 박는 주인 없는 개처럼

평생 내가
다 배우고도 알지 못하는 것
끝까지 가르쳐 주는 이것에게

나는 가끔,
무릎 꿇고 싶을 때가 있다

당신의 목을 조르기엔 너무 약하고

손 없는 자들이 손바닥을 낳았죠
두 손이 부러웠으니까,

팔손이나무에 매달린
떨어진 손, 잘라진 손, 애초 없었던 손……

무엇을 갖기 위해 태어난 건 아니지만
허공에게 자꾸 손 내밀었죠
눈먼 새에게 악수를 청했을 뿐

손이 손이기 위해 내미는 손, 그저
허공 한 번 만지고 싶었을 뿐

허공을 껴안은 팔손이
유서 없이 하늘로 뛰어내리고

구름 한 자락 축 늘어져
비를 토해 내는 허공

나뭇잎을 게워 내는 나무

비를 몰고
유리창을 통과해 온 남자가 지금 내 앞에 있죠
손 내밀면 사라지는 남자
그의 온기만 기억하는 유리창

손을 버린 내가
주머니 속 손 때문에 불안하죠

악수를 하기엔 너무 멀고
당신의 목을 조르기엔 너무 약하고

이것은 아무도 모르는 맛이다

밤 까먹는 맛의 절반은 집중력이다
밤맛은 결과가 아니라 과정에 있다
밤 깔 때 그냥 덤비면 맛도 재미도 덜하다
그 딴딴한 껍질 벗기는 일이란
남자가 여자 옷 하나하나 벗기는 것처럼
골똘한 집중력을 요한다
만만하지 않은 여자에게 더 끌리는 것처럼
이거다 싶으면 물고 늘어져야 한다
세심하게 들여다보며
작정하고 매달려야 한다

칼등으로 한 번 툭 치고 깎는 사과처럼
이빨로 살짝 깨물고 나서 그 속내 살펴야 한다
한 우물 파듯 지고지순해야 한다
집요하게 파고 또 파고
이만하면 됐다 싶을 때까지
뒷덜미가 뻐근해질 때까지
여간해서 손 털지 못한다

다양함보다는 고리타분함으로 승부해야 한다
각오와 오기로 다져진
껍질과 겨루기는
꽉 찬 속이라야 그 맛이 절정이다

더 이상 그것을 중심이라 부를 수 없을 때

봄의 중심이라고 부를 수 없을 때까지 벚꽃은 피었다
지고, 너는
나의 중심이라 부를 수 있을 때까지 살 속으로 시도 때
도 없이 총구 겨누네
실속 없이 총알을 낭비하고, 어째서

몸져눕게 만드나
살 떨리는 오후 나는
더 떨어질 곳 없는 너의 중심에서 떨고

암흑인 너의 중심은 숨 쉴 수도
생각할 수도 없는 속수무책 맨홀

꽃잎 떨구는 벚나무는 자신의 울부짖음만으로도 중심
을 잡는데
중심도 없는 내가 너의 중심이라고 우길 때

허공을 밟고 가는 분홍신神, 내가

너의 중심이라 부를 수 없을 때까지 꿈꾸는 중이라고,

화성에서 온 사람이 말했는데
어느 날의 중심이란 신의 악몽일지도 모른다고, 그렇
지 않고선 어떻게 맨홀과 분홍신의 성교가 가능하겠냐고

낱말의 표정

　지상에 세 들어 사는 동안 내내 세기의 달밤과 내기 고
스톱 쳤다 어둠의 입은 때 묻은 돈을 씹느라 바빴고, 밤
을 모르는 전단지들은 집 나온 사람들에게 무참히 짓밟
혔다 달광에 취해 밤 흔드는 사내들과 그물 스타킹으로
그 사내들 낚아채며 자지러지는 여자들, 때마침 바람은
내 역성들어 불풍나게 사람들 사이 이간질했다 어쩌면
저 달은 밤의 가객일지도 모른다
　그날 밤 가객도 쉬어 가야 할 방 한 칸 얻어 방황하는
낱말들 불러들였다

　내 안에서는 이름 없는 태풍이 휘몰아치고 나는
　젖몸살로 고압선이 흐르는 자물쇠 푼다
　오, 놀라워라
　슬어 놓은 낱말들의 결속력이라니,
　내 과거가 고스란히 저 속에서
　절반의 생을 보내고 있다
　과거는 더 이상 박제된 것이 아니다
　살아 있는 낱말들이 수상하니

고요한 내 마음에 파문을 던지지 마라
편지처럼 배달된 낱말 속 순장된 날이여,

탯줄 감은 불완전한 말이 눈을 뜬다

나를 함부로 탐독하지 마라

현장에서 잔뼈 굵은 굴삭기 사내는
자신을 과대평가하는 버릇이 있다
세상의 집들과 모든 여자들
모두 제 손바닥에 있다고 호언장담하는데

자신을 위로하는 과대망상,
또 나온다 작업하다 말고
내 몸 파고들며 예리하게 훑는다
새 애인 만들고 싶은 속내 언제 읽었는지
슬쩍 작업 걸어온다
때마침 갈 데까지 간 애인은 연락두절이다
이미 유통기간 지난 사랑이
입맛 더 돌게 하던 참이었다
별난 식성이야 내 잘못이 아니다 사내는
내 알칼리성 체질을 산성으로 교체해야 한다며
무례한 의지를 보인다

정비소에서 직업 훈련 마친 사내

굴삭기 무겁게 끌고 와 나를 다듬는다
봄날, 나를 재건축한다
세상 함부로 넘보는 마이너스 안구 갈아 끼우고
보톡스보다 성능 좋은 암*으로 주름살 편다
감쪽같이 도색했던 욕망 드러나고
달팽이관 덜어 내도 세상은 잘 돌아간다

내 소원을 탐독하는 사내
새 애인 되겠다고 매달리며 내게 불법 체류하는 사내
그러나 나를 함부로 탐독하지 마라

* 암(arm) : 굴착기 구조의 하나로 붐과 버킷을 연결하는 것으로
굽히기 펴기 작업을 하는 것이다.

쌀이 물 먹는 소리

쌀 불리면
쌀바가지에서 젖 빠는 소리 난다

물이 젖을 빠는지
쌀이 젖을 빠는지

눈 못 뜬 강아지들
어미젖 머리로 들이박으며
입술을 갖다 댄다
고 조그만 입술이 젖무덤을 송두리째 삼킬 듯
빤다 무덤에 파묻히듯
빤다

숨 몰아쉴 때마다 잠깐씩 벌어지는 입술
그때 새는 것이다 한숨은,
거품처럼 목숨은 번지고

아무 준비 없이

단추 풀기도 전,
입술 내밀고 쳐들어오는 사랑에
한순간 모든 것 내주어야 했던
그 입술의 떨림에 끌려 쌀이 몸 뒤척인다

뒤척이는 소리까지 전부 빨아들이는
소리 없는 하모니

자꾸 욕하고 싶어진다

긁어 줄 사람 없는데
자꾸 등 가려울 때
욕하고 싶어진다

온 근육 비틀어 손 뻗어 보지만
닿을락 말락 공연히 성질만 건드린다
죽기 살기로 파 보아도
결국 피 보는 건 내 쪽이니까
위로하며 포기하는 연습도 한다
내가 내 살 긁어 파는 것
누워서 떡 먹기보다 어렵다

욕은 필시 반사적이다
멍할 때까지 귓구멍 후벼도
아무 소리 딸려 나오지 않을 때
죽은 엄지발톱에 걸려
새 스타킹 가만히 올 풀릴 때
제 살 갉아먹는 욕의 가벼움이여,

아닌 줄 뻔히 아는데
천연덕스럽게 핑계 대던 그놈에게서
그냥 뒤돌아설 때도 그랬다
믿는 도끼에 발등 여러 번 찍히고도,
그런 줄 뻔히 알면서
그놈 말 믿으려는 나에게
나는 정말이지 욕도 안 나온다

하빈

바람의 노래는 알 수 없다
어떤 노래는 내 잠을 깨우기도 하지만 재우기도 한다
또 나를 집 밖으로 불러내기도 하지만 집 안에 처박기
도 한다
그러나 어떤 노래가 살짝 이파리만 흔들어도 나무는
나무끼리 어깨를 기댄다
어제 노래엔 앞산 진달래가 피었고 오늘 노래엔 하빈
벚꽃이 진다
어제 오늘 노래는 진달래와 벚꽃만 알지 나는 잘 모른다
다만 나를 울리는 노래는 연분홍처럼 잔잔하고 나를
웃기는 노래는 남보라처럼 시크하다
그러나 어떤 때는 노래 부르지 않을 때도 있다
그런 날 나는 바람 대신 내가 노래 부른다
아무도 안 들어주고 아무도 못 알아듣는 노래

어느 땐 시詩 같기도 하고 또 어느 땐 신神 같기도 한
그래서 누구도 알 수 없는 바람의 노래

오후에 사랑하는 것들

낮은 곳으로 기우뚱, 접는 물새 날개
물새 물무늬 쫓는 물뱀 곡선
곡선이 더 선명해지는 화분의 깻잎
곁잎 따 준 자리에 생긴 어린 순

당신이 '여기까지만' 하고 끊은 간밤 전화
전화기에서 소곤대는 어제의 별
별처럼 반짝이는 읽다 만 페이지의 붉은 밑줄
졸립다고 벗은 돋보기, 그 돋보기 너머의 고딕체

예고 없이 쏟아지는 오후 소나기
소나기에 놀라 덜컹거리는 창문
그 창밖 너머 빗속의 하염없는 당신
당신 울음과 닮은 비의 하나뿐인 창법

크다 만 끝물 오이로 담근 소박이
김치가 시가 될 때까지 싸워야 할 모호한 정념
정념에 대해 긁적거린 어느 날 강의 노트
노트북 열자 창을 물들이는 남해의 일몰

옆구리는 옆구리가 아니다

아무도 당도한 적 없는 옆구리가 있다

내 몸 걷지 않았을 땐
몸의 내륙에 지나지 않았지만
내 몸을 천천히 걷자
낯선 표지판 걸린 마을이 되었다

더듬고 또 더듬어야 닿을 수 있는
먼지가 뱃살처럼 겹겹이 쌓인 유적지
허기진 사람들이 살다가 떠난

평생 돌아보고 싶지 않은 옆구리가 있다

옆구리에서 버스를 놓친 날
뱃속에서 길 잃은 첫아이를 놓쳤다
떨어지지 않으려는 아이의 등을
누가 떠밀었는지

하늘과 땅 사이 옆구리는 옆구리에 있을 이유가 없다

울기 좋고
못다 한 고백하기 좋은

그 남자의 식사

그의 식사는 고전적이었다
내가 한 번 긁는 그릇을
댓 번이나 긁으며 밥을 싹싹 비웠다
처음부터 끝까지 한 자 한 자 짚어 가며
글자 배우는 아이처럼
그의 식사는 꼼꼼하고 성실했다
하나 가르치면
그때 그때 소화하는 모범생 같았다

몇 년 알고 지냈지만
앞 못보는 그의 식사를 도운 건 처음,
수저 든 그의 오른손을 내 두 손으로 잡고
이건 무생채예요 가을이라 무맛이 좋네요
이건 찐고추무침인데 맵지 않고 간이 딱 맞아요
잡숴 봐요
어쩜 고등어도 바싹 잘 구워졌는지,

제 길로만 가는 것은 앞이 보이지 않을 때

더 가능한지도 모른다

그가 내 마음 읽은 것일까?
밥 먹는 거요, 오래하면 익숙해져요
십 년쯤 다니면 아무것도 안 보이던 길도
알아서 열리더라는 그의 눈이
잠깐 내 눈과 마주치며 빛났다

오월

나는 무럭무럭 푸르기만 해도 될까?

노동자도 왔다 가고 어린이도 왔다 가고 어버이도
왔다 가고 유권자도 왔다 가고 이팝꽃도 왔다 가고
아카시아꽃도 왔다 가고 한 줄로 선 찔레꽃도 느리게
왔다 가고 여전히 자애로우신 부처님도 왔다 가고
복도를 달려 선생님 훈계도 잽싸게 왔다 가고 마지막
생리도 장밋빛으로 왔다 가고 세 살에 죽은 오빠도
어김없이 왔다 갔는데

질문들

　광화문 글판에 '나였던 그 아이는 어디로 갔을까'라는 글을 읽다가 문득, 나였던 그 아이는 낮이건 밤이건 내 가면을 쓰고 있음을 알았다 집에서 학교에서 길에서 영화관에서 언제나 나를 따라다님을 알았다 내가 웃고 싶을 때 먼저 웃고 내가 울고 싶을 때 먼저 우는, 그 아이 없이 나는 웃지도 울지도 못하였다 내가 화날 때 대신 열받고 내가 힘들 때 대신 끙끙 앓는, 그 아이 없이는 사랑도 배신도 못하고 오지도 가지도 못하였다 그 아이로부터 나는 시인이며 엄마며 딸이었다 그 아이는 견딜 수 없는 어떤 것이며 보이지 않는 그 무엇이었다 나를 떠나지 못해 나를 거부하고, 나에게 돌아오기 위해 떠나기도 하는, 굳이 못 볼 것도 없지만 그 아이 절대로 보지 않았으면 좋겠다 나였던 그 아이는 지금도 나이고 싶을까

3
혼자, 라고 말하면

에덴

　검은 나비 찾아와 내 귀를 간질여요 입 벌려 웃음을 꺼
내고 코끝에 향기를 불어넣죠 날개 없이 날 수 있는 세
계는 언제까지나 슬로 모션, 더 크게 말해 주세요 제발
한 번만 더 말해 주세요 검은 나비가 엄마 등에 빨대를
꽂자 꿈 밖으로 웃음소리가 흘러요 잃어버린 웃음이 내
잠 속에 있었군 함부로 내 웃음을 흔들지 말아요 엄마
등에 얼굴을 묻으면 누구나 날 수 있지만 꿈 밖으로 추
락할지도 모르거든요 검은 나비는 날개가 있어도 날지
못하죠 꿈속에서는 자신이 나비라는 걸 모르거든요

　숨을 곳 찾아
　얼굴을 묻고, 어깨를 말고
　힘껏 발목 오므려 나를 숨긴 엄마의 등

어디로 갔나

너의 미소는 미세한 소용돌이로 출발하여 내 볼우물 바닥에 와 기어이 닿았다 그리고 내겐 웃는 날이 계속되었고 배꼽 빠지도록 웃었지만 그래도 배꼽은 말짱하다

앉아 오줌 누는 남동생 키우며 내 웃음은 빨리 늙어갔다 마치 늘어난 티셔츠 목둘레처럼, 동생이 생리 묻은 내 뒤 보고 빨갱이 쳐들어 왔다고 수선 떨 때도 윗니만 보이도록 웃었고 손가락으로 뽕브라 겨냥하며 빈약한 내 가슴 찔러 올 때도 대문니가 보이지 않도록 웃었다 얼굴이 붉어지면 자꾸 웃음이 나니까 그때 나는 웃음이 빨간색일 거라고 생각했다

핏대 오르도록 목 놓아 울고 나면 울음 끝 수줍게 피는 웃음은 더 붉다 그것은 울음이 웃음으로 도약하기 위해 오래 웅크렸기 때문이고 또한 내가 하고 싶은 말의 입구 웃음으로 봉인했기 때문이다

그래서 아무리 기막히고 말문이 막혀도 나는 웃는다

관심법

고국을 떠나온 나에게 K가 물었다
뭐 받고 싶은 거 없나
받고 싶은 거, 많지
서늘한 뒤란에서 말린 시래기도 받고 싶지만
오래 참았던 고백이라면 좋겠지
때깔 좋은 남해산 멸치도 받고 싶지만
관심이나 간섭이면 더 좋겠지
의심도 괜찮고
위로도 나쁘지 않고
세상에 이런 선물이 있다면
더 이상 시 쓰지 않아도 되겠지

그립다 말하면 더 그리울까 봐
말 못하는 나는 비겁한 사람
아프다 말하면 더 아플까 봐
말 못하는 나는 소심한 사람
이런 나에게 가장 좋은 선물은
따뜻한 국밥 같고 짜릿한 소주 같은

고국에서 날아온 편지 한 통
그것이면 되지 않을까

이봐 K, 다음엔
뭐 받고 싶은 거 없나, 쪼잔하게
이렇게 수동적으로 말고
꼬꼬면이랑 참이슬이나 한 박스 보내 줘
김수영 전집이면 더 좋고, 것보다
비 온다 홍탁이나 하자, 이런 문자면 더 좋겠지
유리 조각 같은 한 문장이라면 더 더 좋겠지

밤

옆 침대 환자는 알아듣지도 못하는 말로 종일 지저귀고
엄마는 멍석만 한 기저귀에다 종일 똥만 지리고

침대 밑 가지런히 신발 벗고 누워
눈동자를 껐다 켰다 꺼질 날만 기다린다
기다릴 것도 없이
기다리는 일밖에 없어 우두커니 기다린다
손자가 주고 간 만 원짜리 꼭 말아 쥔 채,

항문 밖 기웃거리며 발버둥거리다
겨우 떨어진 밤톨
왔다 갔다 오락가락하는 게 인생이라고
선택의 여지없이, 견디기나 버티기 정도라고

절대 나는 아닌 줄 알았지
몰래 약을 타 죽여 버려, 거짓말하면서
수습되지 않는 구린내에 절어, 엄마
아직은 함께 만신창이가 될 수 있어 다행이지

헛바닥이 발바닥처럼 굳어 헛바늘로 돋아나는 말들
제발 이러지 말자
아버지 무덤가 밤송이들 마구마구 벌어지고 있잖아
밤 주우러 가야지
입속으로 떨어진 알밤 토하고 싶은데
낮잠 속에서 엄마의 아랫도리가 사라졌다

혼자, 라고 말하면

라면이 끓고 있다 불이 꺼지고 있다 모르는 번호가 울린다 휴대폰이 울 때 나 혼자 라면을 먹는다 냄비가 식어 간다 나무젓가락 하나가 바닥으로 떨어진다 혼자 남은 젓가락은 더 이상 젓가락이 아니다 두 줄밖에 읽지 않았는데 책장이 넘어간다 혼자 노는 것들은 성질이 급하다

혼밥 먹고 혼미해질 때까지 혼술 하고

혼자의 진수를 보여 주는 고양이, 춤추는 깡통을 사랑한다 적군 없는 담장을 점령하고, 줄장미는 혼자 노는 고양이를 사랑하고, 혼자라서 아름다운 장미의 가시밭길, 사랑은 혼자 찌르고, 찔리고, 혼자 화내서 미안하다고 그에게서 문자 메시지가 온다

혼자 염불하기, 혼자 멍 때리기, 혼자 화투패 뜨기……

혼자라고 믿어 버리면 금방 혼자가 되어, 별나라로 아

버지가 떠난 후 혼자 남은 엄마는 하늘만 쳐다본다 혼자
는 혼자에 충실하다 오뉴월 감기는 개도 안 걸린다는데,
아무도 없는 방에 누워 그에게 문자 메시지를 보낸다

아주 사소한 병

내 주특기는 사람 좋아하는 것이고
정 주는 것은 고질병이다
사랑이 아니길 바랐지만 끝내 사랑이 되어 버린 사람
도 있다

당신에게 혹은 그녀에게
들어야 할 말은 없지만
숨 끊어지기 직전의 고백처럼 듣고 싶은 말은 있다

잠귀가 밝아 잠은 없어졌고
냉장고를 세탁기라 말하고
물음을 울음으로 알아듣게 되자
눈물 바닥난 사람들 마주할 자신이 없어졌다

눈을 보며 말하는 대신
귀를 보며 말하는 버릇이 생겼다

한나절에 두 계절이 다녀갔고

누군가 이별을 통보해 왔다
애초의 이별에 대해 나만 몰랐다
나를 위해서라고 했지만 하나도 고맙지 않았다

그녀 주특기는 방황이고 취미는 방콕인데
대책 없음은 그나 나나 마찬가지
우리는 서로
국밥 나르는 허리 휜 할머니 보며
나잇값도 못하고 밥값도 못하고
할머니 일이나 거들면서
마음 비우기 식의 시시한 연습만 한다

그믐

초승달처럼 구부려 자던
엄마가 별을 낳았다

캄캄한 택배 상자 속, 반짝이는

쪽파 자리 마늘 자리 들깨 자리 시금치 자리 이제 막
풋풋하게 돋아나는 상추 자리
별보다 더 눈부신 엄마의 새벽, 엄마의 연애, 엄마의
주름
엄마는 식물성이 아니다

수소 자리 개 자리 암탉 자리 토끼 자리 이제 막
알에서 깨어나는 병아리 자리
피보다 더 진한 엄마의 정情, 엄마의 독毒, 엄마의 환幻
엄마는 동물성도 아니다

엄마가 캄캄해질수록 더 반짝이는
별이 떨어진다 그러나 별은 아니다

자취방에 누운 내 눈 속으로
저녁상 발로 차는 아버지와
어린 별의 눈물이 은하수처럼 흘러내린다
내 머리 위로
별이 가득한 엄마의 계절이 지나간다

눈부신 눈물이 은하수처럼 흐르는
엄마의 우주

체리의 계절

어떤 사물에 붙여도 좋을 이름 체리, 의미가 있건 없건 시니피앙만으로 충분히 즐거운 말, 체리맛이 절정인, 그 하나만으로 위로가 되는 계절

어떤 이는 전화기에 대고 보고 싶은데 어쩌란 말이냐, 다 익은 체리빛 입술로,
그나마 바빠 살 만하다 엄살떠는데, 그래서 그가 죄끔 사람다워지기도 하는 계절

나를 버리고 또 다른 나로 살아도 통증도 없고, 약발도 들지 않는
잘 먹고 잘 살아라 이 빌어먹을 놈아, 떠난 애인에게 자꾸만 욕하고 싶은 계절

멀리 떠난 그녀 때문에 자전거 페달 밟으며, 더듬이 펼쳐 새우잠 잔다는
모자란 놈 어디 할 짓이 없어서, 늙은 엄마 입에서 듣고 싶은 욕이 튀어나오는 계절

무게는 없으나 무례하지 않는다면 체리, 어떻게 해보
고 싶은

그러나 함부로 할 수 없는, 잘 익은 시의 한 구절이거
나 영화의 한 장면 같은 체리의 계절

그 일요일을 기억한다

벌건 대낮
발칙한 주둥이 내 몸에 꽂는 모기와
피 터지게 사투 중이다
사춘기 딸은 휴대폰과 신경전 중이고
한 달째 냉전 중인 그이는
애꿎은 화분 누런 잎만 똑똑 비틀고 있다
미납된 등록금 영수증 박박 찢으며
다 늦게 무슨 공부한다고,
진작 이렇게 작정했더라면
정오만 있는 일요일은 오지 않았을 것이다
라디오 주파수 억지로 맞춰
정오의 희망곡 들으며
벌레처럼 움츠렸다 폈다 이것이
오늘 내 소임의 전부인 꿀꿀한 일요일
연체동물처럼 늘어지는 엿 같은 일요일
세 번 울리고 끊어진 수화기에 대고
씨발, 나오는 대로 지껄여 보지만
대답 없는 메아리다

머릿속 말이 입 밖으로 튀어나올 때
어디까지 갈 수 있는지
그 사이 안타까운 거리 얼마나 되는지
허공에 대고 삿대질하는 꼴이라니,
두 도막으로 잘려도 재생되는
지렁이의 한 도막 같은 지리멸렬한 일요일

모텔 모로코

남동생이 일하러 간 모로코에 대해선 아무것도 모른다 그러나 그가 이사 간 팔공산에 대해선 알 만큼 안다 모로코 사람들이 모르는 팔공산엔 모르게 드나드는 모텔이 많다 모로코 사람들은 모텔 주차장에 드리워진 문어발 커튼에 대해선 죽었다 깨어나도 모른다

나를 속이는 생활을 박차고 저 문어발 커튼 속으로 아무도 모르게 다녀오리라. 그동안 몰랐던 체위에 도전장 낼 것이고 수동적 자세를 능동적 자세로 대체할 것이다 팔공산이 신음소리 내며 돌아누워도 모른 척 내 소임 다할 것이다 내가 나에게 속는 순간까지 기어이 가고 말 것이다 맥박이 제대로 리듬만 탄다면, 내가 리드해도 좋으리라

그는 매일 모텔 앞 지나며 무슨 생각할까 공연히 모자를 고쳐 쓴다면 나와 같은 생각을 한다는 증거, 멀리 있는 모로코는 못 갈 망정 지척에 있는 모텔이라도 가야지

간혹, 남동생은 모로코 사람처럼 각이 잡혔다고 모르

는 소리를 한다 킹크랩이나 랍스타를 간식으로 먹는다
고 문자 보내 오는데, 모텔도 없는 모로코 사막에서 그
따위 간식으로 흥분하다니, 너는 모른다 모른 척 답장
보내는 내 마음

막내고모

낡은 검정 봉지가 탱자나무 가지에 오래 걸려 있다
아무도 눈길을 주지 않는다

친구들 고무신 신을 때 나는 빨강 구두 신었다
동네에 티비도 우리 집에 제일 먼저 생겼다
고무신 공장 다니는 고모 덕이었다

비가 오나 바람이 부나
밤낮으로 그곳에서 늙어 가고 있었다

입담 좋고 수단 좋아 더러 미제 물건도 팔았다
간과 쓸개는 빼 두고
염치는 지폐처럼 꼬깃꼬깃 숨기고 다녔다

쭈그러진 탱자가 되어 가는 중이고
어둠과 바람과 하나가 되어 가는 중이었다

같은 공장 다니는 고모부만 만나지 않았더라도

힘만 세지 않았을 것이다 덜컥 어린 나이에
애만 낳지 않았더라도 고무신 거꾸로 신었을 것이다

탱자나무와 달과 침묵의 별자리 그리고 지저귀는 새들

첫아들 병으로 보내고
죽어도 못 보낸다던 둘째아들 사고로 보내고
죽기 위해 약을 먹고 다음 생을 시작한 고모,
귀신이 찾아올 것 같은 그믐날 밤
컴컴한 부엌에서 아들 미역국을 끓인다
개가 짖는다. 푸른 탱자가 떨어진다

나를 향해 날아온 시

―미드필더 수현에게

어제 내가 만난 여자는 그대가 어시스트해 준 덕분이오
주춤거리는 내 오른발 향해 그대가 친절하게 패스해
주어
간만에 한 골 넣은 것이라오
공격수인 내가 변변히 골 한 번 못 넣고 문전에서 헤매
고 있을 때

―요즘 연애에게 익사당하는 것 같아요. 정말 연애
없이는 살 수 없을까요?
그대가 무심코 한 이 말은, 마치 환청처럼 내 머릴 향
해 날아오는 축구공이었소
세상에서 가장 어려운 연애 앞에서 그대의 폭력이 얼
마나 큰 위로가 되던지

아무리 실력이 뛰어난 공격수도 어시스트가 제대로
되지 않으면
골로 연결하기란 쉽지 않소
한땐, 박지성도 기성용도 달갑지 않은 수비형 미드필

더였었소

언젠간 그대도 저 선수들처럼 연애의 그라운드를 누비는 날이 올 것이오

그날이 오면, 나와 함께 먼 연애의 나라에서 환상의 콤비로 뛰지 않겠소?

정말 그날이 오면, 절망이 스탠드에 앉아 우릴 향해 기립 박수를 날려 줄 것이오

악몽

당신을 만나기 전 노을은 아무것도 아니었습니다
당신을 만난 후 노을은 세상에 없는 당신이었습니다

영혼에도 빛깔이 있다면 노을빛쯤 될까요?

해와 달이 뒤엉킨 국경에서
총구 떠난 총알이 노을에게 박히는 일은
노을 된 당신이 나에게 오는 일에 비하면
일도 아닌 일입니다

가천에 와서 떠나보냅니다
엄마는 딸기 같은 어린 순결을, 언니는 죽은 개를, 나
는 찢은 편지를

떠나보낼 것이 많은 사람은 가천 앞바다에서 노을이
됩니다
사방이 빨려 들어가 스스로 저무는

노을은 죽음까지 파고드는 귓속말
죽은 것들이 사라진 뒤에 남은 시뻘건 거짓말

가천에는 죽어도 죽지 않게 지켜주는
엄마가 있고 백치 같은 언니의
웃음이, 복장 터지는 기다림이 있고
기다리다가 터져 버린 내 심장 붉게 걸려

순교 같은,
내가 가천을 찾은 것은 아니지만
내가 찾았을 때 노을은 당신처럼 거기 서 있었습니다

서울과 칸나

셋방 한 칸이 신접살림 전부였을 때, 아버진 서울이 처음이었다 딸 살림 보러 온 아버지는 쌀도 아니고 고등어 아닌 구근 몇 개 들고 와서는 마당 한구석에 심었다

땅속에서 저를 밀어 올렸다가 쓸어내리기를 얼마나 반복했을까,

몸살로 조퇴하고 직장에서 돌아온 어느 날, 키만큼 큰 꽃나무 아래서 속 다 비우고 고개 드는데 빨간 꽃이 꽃대를 올리고 있었다

아찔한 붉은빛으로 헤프다 싶은 브로치 가슴에 달고

아무도 만나자는 사람 없고 만나고 싶은 사람도 없고 갈 데도 오라는 데도 없이 내 속병은 꽃대만 열심히 밀어 올렸다

불안한 꽃대 위로 잠자리 몇 바퀴 돌다 갔고, 구름이 그 위를 비켜 지나갈 때 언뜻 아버지 얼굴이 스쳤다

4

당신이 좋다면 그것으로 됐어요

화장

서랍 속에 엄마가 누워 있네

파리한 입술에 분홍 립스틱 바르고
엄마로부터 여자로 돌아간

밥도 싫다 딸도 싫다 난동 부리다가도
유독 아버지만 보면 움푹 파인 볼로 눈웃음치더니

날뛰던 시간의 고삐 그러쥐고
비로소 다소곳한 여자로 돌아간
우리 엄마
수줍은 처녀인 양 두 손 모으고 누워 있네

유언인 듯 고운 얼굴 보여 주네
아버지가 쳐다보고 있을 줄 다 알고
새침데기 표정을 짓고 있네

한 줌 재로 돌아가기 전

절정의 여자가 되어
영정보다 더 환한 얼굴로 누워 있네

꽃 피는 폐가

그러니까 이곳은 이미 저승,
지붕과 바닥의 경계가 없어도 한때 김이 나던 집이었다

종일 행적이 묘연한 할배는
빈 지게로 돌아와 애꿎은 할매만 두들겨 패던 집이었다

은비녀 풀면 흰 머리 허리를 덮던 여우와
말술 섬기던 늑대의 싸움 끊이지 않던 집이었다

해 지면 앞발 들어
수없이 문짝을 부수다가도
새벽이면 한기 든 아궁이에
군불을 지피던 짐승
짐승의 생이란 기껏해야
평생,
서로 으르렁거리기만 하는 것

거미줄에 걸린 잠자리 날개와 벌레의 왜소한 몸

그토록 가벼운 것들의 목숨도 끝까지 붙들던 집이었다

저승이라는 이 집에도
아침마다 새로 피는 꽃이 있다
고요라는 꽃,
그러니까 그때나 지금이나
이 집 주인인 꽃

당신이 좋다면 그것으로 됐어요

붉은 관이 된 바다에서
바람으로 서 있는 당신을 불러 봅니다

어둠을 명정처럼 덮고
철썩철썩 바다를 못질하는 소리는
새벽이 되어도 잠들 줄 모르고

유적이 된 폐선 한 조각 반달로 띄우고
수평선을 긋는 당신

이제 그만, 끈질긴 수평선을
놓을래요 바다 아가미로 들락거리는
슬픔이 지겨워요 내 폐활량으로
당신을 지킬 수 없어
파도의 맥박 끊을래요

무덤이 된 바다의 바닥에서 일어난
아침은 늠름했으나

구름 속 선량하지도 가정적이지도 않은 당신

조금만 일찍 와도 만났을 텐데 니 애비는
조금전 수평선을 따라갔단다 엄마, 그래도 그렇지
바짓가랑이라도 잡으시지 그러셨어요? 귓등으로만
말을 듣는 양반이잖니

바다는 밤마다 일어나
당신을 더듬다가
바위를 감싸다가
다시 바닥으로 무겁게 가라앉곤 합니다

구름 속, 아프지 않은
반달은 더 이상 반달이 아닙니다

은행나무 아래서

1
자기도 모르게 떨어진 눈물도 있지만
아무도 모르게 훔친 눈물도 있을 것이다
대놓고 펑펑 흘린 눈물도 있지만
누가 울자 덩달아 흘린 눈물도 있을 것이다
아니다,
잊은 듯 무심한 듯 돌아앉아 툭, 떨구는
저 구린내 방울은
참을 만큼 참다가
끝내 못 참고 흘린 눈물일 것이다

2
다녀오겠습니다, 해 놓고
간다던 제주는 안 가고,
보내지도 않았는데 기어이
머리카락과 옷만 돌아온 너를 어쩌지 못해
눈물 콧물 다 짜내고 울 만큼 울고 난 뒤
새어나오는 딸꾹질 같은

하늘은,
능청맞은 푸른 하늘 아래
저 노란 은행나무
밑동 흔들어도 아무 일 없었다는 듯
먼 곳으로 시선 두는 은행나무가 있다

울산

천둥과 번개가 난리를 칩니다
세상을 뒤집을 수 없으니
심장이라도 박살내겠다는 작정인지, 하늘에
한 줄 금이 갑니다 이 정도쯤
누구에게나 있는 사소한 금 아닙니까?

울산 앞바다에 진도 5.0의 지진이 났을 때
실금 몇 가닥이 한반도를 그었지만
내 식탁 위의 접시 하나 깨지지 않았습니다

성질이 불 같던 아버지가 박살내던
상다리에 비하면, 일도 아닌 일인데
간이 떨어질 것 같고
고막이 찢어질 것 같고

어떤 금이 내 심장 긋고 갔기에

비의 창살로 밤거리 쓸고 다닌 일이

위로가 되고
연사흘 쓰러뜨린 술병이
어쩐지 그리워지고

아무리 쌍으로 난리쳐도 그러나
내가 몸을 버리기에는
어딘가 좀 부족한,

번쩍, 내 얼굴 창백하게 빛날 때
새끼손가락이 생명선을 슬쩍 잡아당깁니다

어제 그리고 어제

죽은 새를 보았어요 벌레에게 먹히는
그 곁, 떨어지는 빗방울에 파묻힌
살 부러진 우산 바닥에 널브러져

끈 풀린 운동화 신은 채
길바닥에 누워 있는 사내는
살아도 산 것이 아니고 죽어도 아주 죽은 것은 아니죠

이명이 비명처럼
뽀얀 구더기들이 강물에 떠밀려 널브러진 여자의 입
을 막고
지난밤이 지난밤을 파먹고

먼 길 돌아온 듯, 모두가
마지막을 더 오래 끌기 위해 토사물처럼 널브러져 있죠

기다릴 것도 없고
기다리지도 않는 그 무엇을 위해

돌림과 노래 사이

　세상의 모든 돌림노래는 골목으로부터 시작된다
　살아 있는 골목이 혈통에 골몰할 때 바람은 두근거리
는 골목의 맥박을 높인다 혈관이 살짝만 막혀도 길길이
날뛰는 골목과 골목을 머리처럼 땋을 수만 있다면 견디
기 힘든 혀끝으로 견디지 않아도 되는 봄이 와서 천방지
축 날뛰던 누런 개도 봄에게 꼬리를 내린다 깜빡 졸다가
보채다가 세차 호스 뿜어 대는 물줄기처럼 몸부림치다
가 찢어지다가 별일 없는 골목이 기지개 켤 때 바람의
뼈가 골목을 찌르고 달아난다 중얼거리다가 금방 휘어
지다가 골목의 역사는 노래로 시작되고 골목의 습성은
노래로 이어지고 늘어진 테이프가 괄약근처럼 조였다
풀어졌다 다시 뭉치며 견딘다 골목은 견디기 힘든 입과
견디기 힘든 심장이 있고 견디지 않아도 되는 봄이 와서
이목구비 없는 고요한 영혼이 골목과 골목을 이어간다
세 번째 집 여자와 다섯 번째 집 남자가 야반도주한 아
침, 달아난 발자국 집어삼킨 골목은 먹구름 속에서 중얼
거리다가 미친 듯이 배꼽 잡고 휘어지다가

유월을 기다리는 방

극세사 이불 속에 맨발을 넣고
한 번도 듣지 못한 알바니아 여자 이야기 듣고 싶네

엄마는 멕시칸 남자랑 눈 맞아 도망가고
도벽 심한 오빠는 한쪽 눈 팔았다네
에이즈 걸린 그녀 애인 이야기 들으며
나도 모르게 그녀 허벅질 꼬집었네
무표정한 그녀 대신
내 입에서 터져 나오는 탄식,

그녀는 대낮에도 형광등 켜야 하는
북향 방에서
유월이 오기를 기다리네
나는 그녀 방에서 유월이 될 때까지
그녀와 함께 수다 떨고 싶네

낯가림 없고 인사성 밝은 그녀와
아무 말이나 하면서

등짝 치고 손뼉 치며
우리나라 식으로 친해지고 싶네
어서 유월이 오기를 기다리며

광화문

혀 꼬이는 날이 지속되어 입술만 달싹였어요

마음먹으면 끝없이 길어지는
질주하는 야생동물의 화려한 혀

목구멍을 달리는 말이
어떤 말의 목덜미를 물었어요

말을 감당하느라 목구멍은 점점 부어오르고

휘발유 뒤집어쓴 금속노조 위원장이
혀 빼물고 시커멓게 탔을 때
변변한 직장 없이 도서관에 빌붙은 나는
모네 그림 속으로 들어가 일몰이 되었지요

더 이상, 어떤 말도 감당할 수 없고
어떤 말을 감당하지도 않은 채
헐벗은 혀는 풀잎처럼 흔들렸어요

혀는 혀끼리 먹고 먹히기에 골몰한다지요

어젯밤, 숭례문 누각 삼키는 긴 혀를 보았어요
다르나서스 성문인 줄 알고 일을 냈다는데
광화문 해태 소행이 아닐까 의심했어요

궁지에 몰린 혀가 말을 버리자
죽은 사람 혓바닥 내미는, 그러니까 혀는
함부로 빼물면 안 돼요

죽음의 방식

1

그러니까 운명은

삶보다 죽음 쪽으로 더 기울어져 있어

종종 죽음이 장난 걸 때도 있지

죽겠다는 사람 못 죽어 안달나게 하고

죽도록 살겠다는 사람 죽을 맛 보게 하는

기회주의, 사방에 눈 달고 있는

존재하지 않는 희귀종

2

죽음은 분명 가까이 있더라

둘째가 거꾸로 있던 내 뱃속이나

복수 찬 아버지 링거병 속 잠복했다가

거친 호흡의 낌새 보이면 전속력으로 출동하지

마지막 호흡에게 안녕, 친절하게 인사하지

뜬금없이 신호 기다리는 자동차 뒤통수

사정없이 갈기기도 하고

때론 하얀 속옷 차림으로 꿈속까지 뒤적이는 무단 침

입자

　무어라 지껄이는 저 바람도 수상하다

　3
　밤의 공동묘지에 가 보아라
　한눈에 들어오는 마을과 묘지는 분명한 이웃 관계,
　순간과 영원이 공존하는 곳
　그 사이 약간의 시차만 존재할 뿐
　삶과 죽음의 경계는 그 어디에도 없다
　다만, 서로의 배후가 될 뿐
　죽음이 저도 모르게 슬쩍슬쩍
　삶에 편입되기도 하면서
　시차를 줄여 간다

아무 일도 아닌 일

수족관에서 물구나무 서는
저 전어 봐라

제 죽음 알고도
가만히 있을 목숨 어디 있겠나

죽음을 기다리는 것은
저렇게 뒤집어지는 일이다

피를 볼 때까지
끝없이 대가리를 찍어 대는 일이다

아무리 찍어도 아프지 않는
없는 추억을 만들어 내는 일이다

눈알을 뒤집어
끊임없이 입만 뻐금거리다가

심장이 오그라들도록
이빨을 악무는 일이다

그러나,
지나고 나면
아무 일도 아닌 일이다

흑백

앞 못 보는 그녀가 거울을 본다
아무도 없는 거울을,
내가 도서관이나 놀이 공원에 갔다 올 때까지
보고 있다

흰 지팡이 짚고 가는 그녀의
세계는 흑백,
색을 잃어버리고 색을 읽는 버릇이 생겼다

열 손가락 활짝 펴고
이게 내 눈이야, 내 코야
절벽을 기어오르면 희미하게 보이는 얼굴

어떤 순서로 하나의 얼굴이 완성되는지
손은 기억한다

거울에게 주문 걸다가
등을 보일 때도 있지만 눈물은 보이지 않는다

일곱 빛깔로 시간이 가로질러 흐를 때
거울은 흰색 거울은 검은색

어제보다 약간 짧은 오늘

냉장고 위 컵 속엔 나무가 자라고
책상의 주전자엔 꽃이 자란다
뿌리를 버린 후

조금 더 자란 어제만큼
조금 더 죽는 오늘

냉장고는 밤새 갸르릉거리고
책상엔 먼지만 쌓여 간다
뿌리를 버린 후

어제보다 더 느린 오늘
오늘보다 더 빠른 내일

향기가 진한 아침에 나는 더 우울하다
어떠한 우울도 이 향기를 바꾸진 못한다 천천히
죽어 갈 시간만 필요했을 뿐

죽을힘을 다한
어제보다 약간 짧은 오늘

뿌리를 버린 후 더 홀가분해진다

당신의 방

팔공산 삼존석불 아미타불의 방
방보다 무덤에 가까운
무덤보다 자궁에 가까운
그래도 방이라고 해두죠, 당신

방문 활짝 열어 놓고 어쩌자는 거예요
아무나 들어오라는 수작이죠

실낱 같은 것이 마음을 긋고 지나갈 때
빌고 또 빌어도 당도할 수 없는 방
등잔 밑에 있다가도 우주 밖으로 달아나는

당신의 방 앞에서
여자들은 오매불망 관세음보살
두 손 저리 함부로 모으네요
긴 생머리 언니 어깨가 떨리도록
빌고 또 빌어도
한 뼘도 가질 수 없는 방

그런 방 열어 놓고 애간장 태우면
대체 어쩌자는 거죠

방 안 가득 채운 기도는
당신이 일용할 양식인 거죠
세상의 소음 들으며 태평한 까닭 알겠어요
최소한 먹고 살 걱정은 없으니까,
문이 없으니까 노크도 필요 없고
열쇠도 감출 것도 없잖아요
그래도 봄밤처럼 따뜻한
딱 한 번만 들어 보고 싶은 방

털이 하얀 짐승은

자작나무숲에 갔지, 높은 나무 그리움은
망자 얼굴보다 더 창백했지
뻣뻣한 아랫도리는 죽어도 살겠다는 각오 같았지

일제히 기립한 짐승들이
허연 거품을 가지에서 가지로 전해 주고 있었지
아무도 고개 숙이거나 목 꺾지 않았지만
모두 자기를 괴롭혔지
창백한 얼굴로 서로의 뺨을 때리고 있었지
잠들지 말라고,

유난히 얼굴이 하얬던 삼촌은 한뎃잠만 잤지
속없이 키만 커 떨어지는 꿈만 꾸었다는데
당신 높이를 수없이 내려놓고 싶었던 걸까?

높이에 가닿기 위해 골몰하는 흰색
숨이 막혔어, 선명하게 설명되지 않는 절규가
흰 창살에 갇혀 있었지

흰색에 골몰하는,
키 큰 짐승들은 어떻게 땅으로 내려올까?

삼촌 몸이 나뭇가지에 걸려 있던 날
떨어진 흰 잠바가 그림자의 얼굴을 덮어 주었어

쏜살 같은 햇빛이 하얀 솜털에 닿자
어찌할 수 없어
죽어도 죽지 않는 흰색만 외따로웠지

선택된 시

오랫동안 시를 썼다

시의 수명은 대체로 짧았으나 멈추지 않았다

한 구절 위해 낭비한 종이들이 한심하게 책상을 점령

하였다

그래도 좋았다

방탕하고 음탕한 낱말들이 좋았다

짝사랑이어도 나는 나를 용서한다 온종일

말꼬리나 잡고 늘어져도 일생을 바칠 만한 놀이

라 생각했다 완전하지 못한

삐거덕거리는 한 문장이 나를 놓아 주지 않았다 저만치

화려한 수식어들이 손짓을 한다

입 없는 화자가 구시렁구시렁

문장과 문장 사이 막다른 골목이 나를 유혹한다

속이 울렁거린다 저 구불구불한 리듬을 타고

가자 내 유일한 파라다이스이자 아름다운 감옥으로,

그래도 좋았다

흥청망청한 낱말을 밟으며 나는 오래 늙어 갈 것이다

생면부지 낱말들이 정면으로 와도

비겁하게 고개 따위 숙이지 않겠다
한 호흡 크게 하고 몸을 낮추었다 태산처럼 높이
낯익은 문장이 걸려 있다 마음은
벌써 공중 동작에 들었는데
자판 위의 사정은 여전히 도움닫기다
내 것 아닌 것은 항상 그리운 법
한 문장이 그리웠다
몸살나게 지독한 열병이었다 그러다가
괜찮네, 라는 누군가의 한 마디에
나는 선택된 시가 되었다

기억, 향수, 시
― 임창아의 시 세계

장석주(시인, 문학평론가)

기억, 향수, 시

— 임창아의 시 세계

장석주(시인, 문학평론가)

누구나 과거를 지나 오늘에 닿는다. 사람들은 저마다 과거라는 왕국의 신민들이다. 과거의 일들로 말미암아 인생은 우회하고, 지체되고, 꼬일 뿐만 아니라 미래가 불확실성 속으로 곤두박질친다더라도 과거는 오늘 우리가 사는 인생의 뿌리다. 그것은 부정할 수 없는 사실이다. 과거는 미래를 담보로 잡는 기억의 왕국이다. 우리는 오늘을 살며 '과거'라는 재화를 인출해 쓴다. 우리가 보고, 느끼고, 맛보고, 냄새 맡는 것은 과거가 만든 감각 기억, 지각 기억, 의미 기억의 지속에 바탕을 두는 것이다. 그 기억들의 지속이 끊어질 때 우리는 삶에서도 멀어진다. 삶의 시간은 단순히 미래를 향해 선조적線條的으로 가는 게 아니라 과거라는 시간을 되돌리면서 나선螺旋을 그리며 흐른다. 현재의 시간 속에서 과거로 되돌리지 못한다면, 다시 말해 과거가 보내는 신호를 알아듣지 못한 채 청맹과니처럼 산다면 삶은 금세 방향을 잃고 난파의 위기에 빠지고 만다.

호메로스는『오디세이아』에서 오디세우스의 긴 방황을 그린다. 트로이전쟁을 치르느라 10년을 소모하고, 바다에서 3년을 떠돌고, 다시 여신 칼립소에게 10년을 잡혀 지낸다. 아름다운 여신 칼립소는 죽지도 늙지도 않게 해주겠다고 붙잡았지만 오디세우스는 고향으로 돌아가는 길에 나선다. 이 귀환이 그리스어로 notos다. 오디세우스는 여신의 제안을 거절한 대가로 고통을 치르는데. 이 고통이 그리스어로 algoes다. 두 단어가 합쳐져서 노스탤지어 nostalgia 단어가 만들어진다. 노스탤지어는 '귀향의 고통'이라는 뜻을 품는다.

오디세우스는 왜 그토록 한사코 고향으로 돌아가길 갈망했을까? 고향과 그것에 대한 기억이 제 삶의 원초적인 자리였기 때문이다. 20세기의 실존철학자들에 따르면 현대인들은 제가 나고 자란 곳에서 붙박이로 살지 못한 채 탈향을 하고, 다시 난 자리로 돌아가는 '귀향의 기획'을 세우며 살아간다.

우리는 저마다 오디세우스가 그랬듯이 잃어버린 고향에 대한 아득한 '향수', 즉 돌아갈 수 없는 어제에 대한 동경을 품고 산다. 영국의 사학자 데이비드 로웬탈에 따르면 사람들이 품는 향수는 "받아들일 수 없는 현재에 대한 대안"이고, "오늘 없어서 아쉬워하는 것을 어제에서 발견"하는 태도다.

과거에 사로잡힘, 어제에 대한 동경, 즉 우리 안에 있는 기억의 방은 우리를 살게 하는 힘이면서 삶의 안전망을 구축한다. 그것은 고통을 담보한다.

임창아의 시들은 과거의 기억들이 우리 안에서 어떻게 뿌리를 내리고, 그것이 어떻게 현재를 만드는 힘으로 작동하는지를 보고한다. 많은 시들이 기억의 촉매에 의해 발아하고, 기억의 아득함을 더듬으며, 기억을 위해 봉헌한다. 그런 까닭에 임창아의 시는 기억에 의한, 기억을 위한, 기억의 시들이라 할 만하다. 기억이 발화하는 방식은 다음과 같다.

모든 것은 기억 때문인데, 이를테면 "콧구멍으로 하얀 바람이 몰아쳤어요 눈꺼풀이 아이스크림처럼 녹아내"렸을 뿐만 아니라, "우리는 조금씩 검정을 지나 흰색으로 가고 있"(「밀가루는 밀가루를 털어내기 바빴고」)는 것이다. 과거의 기억은 과거에 머물러 있지 않고 그것으로 말미암아 "내 안에서는 이름 없는 태풍이 휘몰아치고 나는/ 젖몸살로 고압선이 흐르는 자물쇠 푼다". 결국 "과거는 더 이상 박제된 것이 아니다"(「낱말의 표정」). 박제가 아니라 현재의 힘으로 작동하는 과거를 다시 쓰기, 그게 바로 임창아의 시 쓰기다. 그는 시 쓰기가 파라다이스이자 아름다운 감옥으로 자발적으로 들어가는 일이라고 고백한다. "속이 울렁거린다 저 구불구불한 리듬을 타고/ 가자 내 유일한 파라다이스이자 아름다운 감옥으로"(「선택된 시」).

128

없던 일로 하자
한 번만 봐 달라, 이제 와서

없던 일이 될 수 없고
한 번만 봐 줄 수 없는 일은, 대체
어떻게 자라 어디로 갈까?

오래 달려 온 말에는 오해가 들어 있다
발길 끊어진 밭에 제멋대로 자라나는 잡풀처럼,

주인 발소리 오래 듣지 못한 풀은 날마다 발뒤꿈치를 든다
자신이 풀이란 걸 잊은 채,

풀의 말은 풀만 알아듣고
손가락만 한 풀잎들은 손가락만 한 하늘을 가리고

오래 만난 사람을 어쩐지 오늘은 만나고 싶지 않은 날

있던 일이 없던 일이 되려면
얼마나 오래 달려야 할까?

아무 생각 없을 때까지 오래
오래 달렸다 오해가 따라오지 못하도록

                            —「자라나는 용서」전문

「자라나는 용서」가 노래하는 것은 '용서'에 대한 것이지만 이런 사태가 빚어지는 계기는 과거에 일어난 일이다. 누군가 시의 화자에게 과거에 있었던 일을 없었던 일로 해 달라고 한다. "이제 와서" 그게 가능한가? 아마 과거의 일이란 '말'로 인해 생긴 것이리라. 그런데 그 '말'은 고착되고 응고된 채 머무는 게 아니라 자라난다. 그 '말'이 "발길 끊어진 밭에 제멋대로 자라나는 잡풀"이라는 비유를 얻을 때, 그것은 새로운 감각적 명증성을 얻는다. 그리고 "주인 발소리 오래 듣지 못한 풀은 날마다 발뒤꿈치를 든다/ 자신이 풀이란 걸 잊은 채,"라는 생동감으로 나아가며 생채生彩를 띤다. "있던 일이 없던 일 되려면/ 얼마나 오래 달려야 할까?"라는 물음은 아직 용서를 할 수 없어 유보를 하는데, 진정한 용서가 가능하려면 더 많은 시간이 필요하다는 뜻이다.

임창아의 어떤 시편들은 노골적으로 과거를 향해 있다. "남해에서 여고 다닐 때"(「어떤 일의 시작」)라거나 "갈래머리 여고 시절"(「주름잡던 시절」), 혹은 "셋방 한 칸이 신접 살림 전부였을 때"(「서울과 칸나」) 같이 회고조 문장의 시편들은 시의 화자가 지나간 시절, 망각과 기억이 반반 섞인 시간대에 서성이고 있음을 암시한다. "왕년"을 앞세우는 시들은 일종의 시간 거스르기다. 서정시들이 주로 자아의 고백으로 이루어지고, 이때 고백은 지나온 삶에 대한 기억을 기반으로 하는 것이니 그다지 이상할 건 없다. 어쩌면 시인은 너무 일찍 "왕년

을 앞세우면 누구나/ 수탉처럼 용맹하고 유치하고 무모하고
······"(「왕년의 힘」)라는 구절이 직설적으로 드러낸 "왕년의 힘"
을 알아 버린 것은 아닐까. 그 "왕년"이란 지나간 시절이지
만, 그것은 과거에서 오늘에까지 이어지는 시간의 흐름이
다. 그래서 시인은 왕년이 "오늘날까지 매일매일 이어져 있
다"고 쓰는 것이다. 우리의 과거가 불가피하게 망각으로 기
울어진 뒤 많은 것들, 이를테면 추억이나 기억들은 망각의
주변에서 득실거리며 번성한다. 기억과 추억들은 망각의
지층에서 용케도 현재로 싹을 내민 것들이다. 그것들은 언
제나 망각의 영토 안에서 편재偏在한다. 기억과 망각은 정
확하게 삶과 죽음에 대응하고 회통會通하는 것이다. "요컨
대 망각은 기억의 살아 있는 힘이며, 추억은 그것으로부터
나오는 산물인 것이다."(막 오제, 『망각의 형태』, 25쪽) 우리의
추억—이미지들은 망각에서 살아 귀환하는 기억들이다. 그
것은 삶의 자취들, 무엇보다도 부재의 징표들이다. 우리는
추억과 기억 안에서 산다. 그 기억 속에는 '아버지'가 있고,
'막내고모'가 있고, '삼촌'이 있으며 신산한 가족사가 있다.
그런데 추억이란 실제 있었던 것의 재현이 아니라 있었다고
믿어지는 기억, 즉 각색된 이야기들이다.

사과를 깎는데
껍질은 갑자기 너에게로 가는 길이 되었어
너에게 쓰는 편지가

어느 순간 나에게 오고 있었어
맨발을 내려다보는데 내 발목에 네 발이 달려 있었어

벗어 놓은 고무신은 화분이 되고 있었어
발을 품었을 때보다
흙을 품었을 때 더 오래
더 멀리 갈 것만 같았어
신발 속에 앉아 생을 망칠 궁리만 하던 스물

발끝에서 뒤꿈치로
개미가 물어 나르는 내용은 뭔지 모르겠어
신발 밖의 세상이 늘 궁금했어

내가 누구인지 모를 때
너를 나라고 생각한 적 있었어

사과의 길은
머리부터 발끝까지 너에게로 이어져 있었어
툭,
뛰어내려 잠을 열면
사과는 흑백

검은 대문 앞에서 서성거리던 스물

—「스물」전문

「스물」는 사과 깎기에 대한 소소한 경험을 다룬 시다. 사과는 깎이면서 껍질이 갑자기 "너에게로 가는 길"로 변하는 것이다. 이때 '너'라는 객체는 "생을 망칠 궁리만 하던 스물", "검은 대문 앞에서 서성거리던 스물"의 '나'다. 그렇게 유추할 수 있는 것은 '나'에게로 오는 "맨발을 내려다보는데 내 발목에 네 발이 달려 있었어"라는 구절 때문이다. 스물의 나이란 아직 세상을 모르고, 저 바깥세상의 모든 것들에 맹렬한 호기심을 품을 때다. 시인도 그 나이 때 "신발 밖의 세상이 늘 궁금했어"라고 고백하고 있지 않은가. 사과 껍질이 만든 길과 스무 살의 '나'에서 오늘의 '나'로 이어지는 길은 하나다. 그 길은 "머리부터 발끝까지 너에게로 이어져 있"는 것이다. '너'는 흑백이 되어 버린 과거의 시간이다.

오늘날까지 매일매일 이어져 있다 왕년은
고무줄처럼 길게 늘어난다

독 없는 독방에 왕년을 가두고
빛나는 칼이 성호 긋는 밤,
죽은 용 섬기는 오빠들이
마지막으로 벗어야 하는 저 허물은 과연 하늘로 돌아 갈 수 있을까?

고통을 추억으로 바꾸는 왕년

빚쟁이들이 빚을 막고 줄 서도
나무젓가락 꺾어 쓰레기통으로 던지며
이래뵈도 이대 나온 언니니까,
입가에 묻은 짬뽕 국물을 우아하게 닦는다
멸망한 나라의 여왕이라도 된다는 듯
왕년을 팔며 생을 이어간다

왕년을 앞세우면 누구나
수탉처럼 용맹하고 유치하고 무모하고……

왕년도 없는 나는
미안하게도 주름진 눈가, 주름진 이마, 주름진 목으로
생을 어떻게 이어가야 하나

—「왕년의 힘」전문

왕년은 "고통을 추억으로" 바꾸는 힘이 있다. 이 왕년은 오늘날까지 매일매일 이어져" 온 시간이다. 우리가 왕년에 대해서 말할 때 대개는 현재의 고통에서 벗어나기 위함이다. 우리는 왕년의 젖을 빨며 자라나는 아이들이다. 왕년에 대한 편애는 '옛날이 더 좋았다'라는 관념에서 생긴다. 옛날은 좋았는데 현재는 나쁘거나 더 나빠질 거라는 판단이다. 그런 왕년이란 실은 기억의 왜곡이 만들어 낸 신기루일지도 모른다. 앞서 언급했듯이 모든 과거란 실제 겪은 게 아니라 각색된 이야기이기 때문이다. 다시 말해 각색에 의해 휘황한 빛이 덧씌워진 것이다. 우리의 어린 시절이 아련해지는 것은 그 때문이다. 더 멋지게 각색된 과거의 기억을 갖고 사는 한 우리는 "수탉처럼 용맹하고 유치하고 무모"하게 앞으로 나아갈 수 있다. 왕년은 누구도 침해할 수 없는 신성불가침의 왕국이다. 그런 맥락에서 "멸망한 나라의 여왕이라도 된다는 듯/ 왕년을 팔며 생을 이어간다"는 구절이 씌어졌으리라.

아무도 당도한 적 없는 옆구리가 있다

내 몸 걷지 않았을 땐
몸의 내륙에 지나지 않았지만
내 몸을 천천히 걷자
낯선 표지판 걸린 마을이 되었다

더듬고 또 더듬어야 닿을 수 있는
먼지가 뱃살처럼 겹겹이 쌓인 유적지
허기진 사람들이 살다가 떠난

평생 돌아보고 싶지 않은 옆구리가 있다

옆구리에서 버스를 놓친 날
뱃속에서 길 잃은 첫아이를 놓쳤다

떨어지지 않으려는 아이의 등을
누가 떠밀었는지

하늘과 땅 사이 옆구리는 옆구리에 있을 이유가 없다

울기 좋고
못다 한 고백하기 좋은
　　　　　　　　—「옆구리는 옆구리가 아니다」 전문

「옆구리는 옆구리가 아니다」는 '옆구리'라는 신체 부위에
대한 시가 아니다. 이 시는 "아무도 당도한 적 없는 옆구리"
에 대한 시, 콕 집어 얘기하자면, 되돌리고 싶지 않은 아픈 기
억에 대한 시다. 옆구리는 "몸의 내륙"이다. 옆구리는 "더듬
고 또 더듬어야 닿을 수 있는" 자리, "유적지", 그리고 "허기
진 사람들이 살다가 떠난" 자리다. 시인의 고백에 따르면 "평
생 돌아보고 싶지 않은 옆구리가 있다." 왜? 그것은 생의 가
장 아픈 기억의 자리이기 때문이다. 첫 아이를 잃은 기억이
다. 어미에게 첫 아이를 잃은 기억은 트라우마가 되었을 테
다. 그런 아픈 기억을 갖고 있는 한 "옆구리는 옆구리에 있을
이유가 없다." 우리는 누구나 못다 한 고백들, "아무도 당도
한 적 없는 옆구리"를 몇 개씩은 갖고 살아간다.

　산다는 것은 무엇인가. "무엇을 갖기 위해 태어난 건 아니

지만/ 허공에게 자꾸 손 내밀었죠/ 눈먼 새에게 악수를 청했을 뿐"(「당신의 목을 조르기엔 너무 약하고」). 삶은 갈망과 충족, 그리고 다시 상실로 이어지는 궤적을 그린다. 산다는 것은 허공에 손 내밀기, 혹은 눈먼 새에게 악수 청하기다. 허공에 손을 뻗쳐 뭔가를 쥐거나 쥐었던 것을 속절없이 놓치며 우리는 나이를 먹어 간다.

우리만 늙고 나이를 먹는 게 아니다. 우리 기억도 늙고 나이를 먹는다. 나이 먹을수록 저 기억의 시원始元에서 멀어지는 일은 자연스럽다. 그 기억의 시원이 언제나 아련한 낙원이다. 그 까닭은 그곳이 다시는 돌아갈 수 없는 장소이기 때문이다. 그 시원은 기억의 끝 간 데, 즉 "숨을 곳 찾아/ 얼굴을 묻고, 어깨를 말고/ 힘껏 발목 오므려 나를 숨긴 엄마의 등"(「에덴」)일지도 모른다. 임창아의 시는 얼마간의 향수를 품은 기억의 축제가 벌어지는 장이다.

그의 시에서 지난 경험이 남긴 자국과 흔적들을 찾아내는 것은 어렵지 않다. 그 자국과 흔적들이 개인적 기억들을 소환한다. 소환된 기억은 달무리같이 어슴푸레하게 확장된다. 불확실성을 품은 회색빛 미래에 견줄 때 과거-기억은 더 단순하고 명확하며 빛난다. 미래는 모호하지만 과거-기억은 항상 현실보다 더 찬란하다. 과거-기억들이 실제보다 더 빛나는 것은 뇌가 좋은 기억을 선호하는 것과 관련이 있을 테다. 뇌 과학자들에 따르면, 대뇌변연계, 그 중에서 특히 감정 기억을 관장하는 편도체 안에서 기억이 세운 과거라는 왕국은 빛난다. 임창아의 시들이 대체로 어두운 가운데 뜻밖의 빛을 품는 것은 과거-기억이라는, 받아들일 수 없는 현재의 대안에서 촉발된 상상력에 바탕을 둔 까닭이리라.

임창아 시인

1965년 경남 남해에서 태어났다. 2009년 《시인세계》로 등단하였고,
계명대 대학원 문예창작학과 박사과정을 수료했다.

ics413@hanmail.net

즐거운 거짓말
임창아 시집

초판 1쇄 발행일 2017년 2월 1일

지은이 · 임창아
펴낸이 · 김종해
펴낸곳 · 문학세계사

주소 · 서울시 마포구 신수로 59-1(04087)
대표전화 · 02-702-1800   팩시밀리 · 02-702-0084
이메일 · mail@msp21.co.kr
홈페이지 · www.msp21.co.kr
페이스북 · www.facebook.com/munsebooks
출판등록 · 제21-108호.(1979.5.16)

값 8,000원
ISBN 978-89-7075-846-6 03810
ⓒ 임창아, 2017

이 도서의 국립중앙도서관 출판예정도서목록(CIP)은 서지정보유통지원시스템
홈페이지(http://seoji.nl.go.kr)와 국가자료공동목록시스템(http://www.nl.go.kr/
kolisnet)에서 이용하실 수 있습니다.(CIP제어번호: CIP2017001529)